VENTE

APRÈS LE DÉCÈS DE M. B.

Du Samedi 23 Février 1884

HOTEL DROUOT, SALLE N° 8

MEUBLES ANCIENS

DES XVIIe ET XVIIIe SIÈCLES

BRONZES D'AMEUBLEMENT

Tableaux, Livres

MOBILIER COURANT

EXPOSITION PUBLIQUE

Le Vendredi 22 Février 1884

de une heure à cinq heures.

COMMISSAIRE-PRISEUR	EXPERT
Me P. CHEVALLIER	**M. B. LASQUIN**
10, rue Grange-Batelière.	*12, rue Laffitte.*

HONOS
ADDITVS
IMPRIMERIE DE L'ART

CATALOGUE

DE

MEUBLES ANCIENS

DES ÉPOQUES LOUIS XIII, LOUIS XIV, LOUIS XV ET LOUIS XVI

Sièges, Meuble de Salon Louis XV en tapisserie d'Aubusson

BRONZES D'AMEUBLEMENT

QUELQUES TABLEAUX ANCIENS

Parmi lesquels une œuvre de Carle Van Loo

ENVIRON 400 VOLUMES

Bijoux, Argenterie, Meubles courants, Tapis, Rideaux, Literie, Vaisselle, etc.

DONT LA VENTE AURA LIEU

Par suite du décès de M. B.

HOTEL DROUOT, SALLE N° 8

Le Samedi 23 Février 1884, à 2 heures.

COMMISSAIRE-PRISEUR	EXPERT
Me P. CHEVALLIER	**M. B. LASQUIN**
10, rue Grange-Batelière, 10	12, rue Laffitte, 12

Chez lesquels se trouve le présent Catalogue.

EXPOSITION PUBLIQUE

Le Vendredi 22 Février 1884

DE UNE HEURE A CINQ HEURES.

CONDITIONS DE LA VENTE

La vente aura lieu expressément au comptant.

Les acquéreurs payeront en sus des enchères *cinq pour cent* applicables aux frais.

L'exposition mettant le public à même de se rendre compte de l'état des objets, il ne sera admis aucune réclamation une fois l'adjudication prononcée.

Paris. — Imp. de l'Art, J. Rouam, 41, rue de la Victoire.

DÉSIGNATION DES OBJETS

MEUBLES ANCIENS

1 — Jolie commode Louis XV à deux rangs de tiroirs, placage de bois de violette, ornée de chutes, de sabots et de poignées en bronze ciselé et doré à ornements rocaille, marqué du poinçon de Caffieri. Dessus de marbre brèche d'Alep.

2 — Beau régulateur du temps de Louis XV, en bois de placage orné de bronzes dorés à motifs d'ornements rocaille, mascarons, têtes de béliers et feuillages.

3 — Meuble Louis XIII à deux corps, en bois de noyer sculpté, à colonnes cannelées, têtes de chérubins et moulures; il ouvre à quatre portes et quatre tiroirs, et est surmonté d'un fronton.

4 — Joli petit bureau Louis XIII en marqueterie de cuivre et d'écaille, garni de sept tiroirs et reposant sur huit pieds à contours reliés deux par deux par des croisillons.

5 — Table Louis XIII plaquée d'écaille incrustée de filets d'ivoire et marquetée à fleurs ; oiseaux en bois et d'ivoire ; les pieds sont reliés par un entrejambes également en marqueterie.

6 — Table-support à six colonnes torses, avec dessus de marbre à moulures contournées.

7 — Baromètre Louis XVI en bois sculpté, doré et peint en noir.

8 — Écran Louis XIV en tapisserie au point, à sujet de figures orientales et fleurs.

9 — Table Louis XIII, avec pieds et entrejambes marquetés à fleurs et feuillages ; dessus de marbre blanc.

10 — Pendule Louis XIV et son socle de suspension en marqueterie de cuivre, d'écaille, de nacre et d'étain ; elle est ornée de bronzes avec applique représentant Amphitrite sur les

eaux, et elle est surmontée d'une figure de Neptune.

Le socle est orné de chutes, de feuillages et de mascarons.

Le cadran porte le nom de Thuret, à Paris.

11 — Glace Louis XIII en bois sculpté à feuillages, surmontée d'un fronton ajouré à figures d'enfants et guirlandes de fleurs.

12 — Glace Louis XIII, à bordure sculptée ajourée et dorée à feuillages, surmontée de deux oiseaux et de branches de palmiers.

13 — Glace dans un cadre Louis XIV, en bois sculpté et doré.

14 — Coffret Louis XIII en marqueterie de bois, offrant sur le couvercle le sujet de Diane et Apollon dans un paysage et au pourtour des volatiles et des rinceaux.

15 — Meuble scriban ouvrant à abattant et garni de deux tiroirs en placage de palissandre et d'ornements Louis XV en bronze.

16 — Secrétaire Louis XVI en marqueterie de bois
à médaillon et vases de fleurs avec encadrements de filets et de grecques. Dessin de brocatelle violette.

17 — Commode Louis XIV à face contournée, à trois tiroirs en noyer avec poignées de cuivre.

18 — Petite table à ouvrage Louis XVI, transformée en toilette.

SIÈGES

19 — Beau meuble de salon du temps de Louis XV, en bois sculpté à fleurs, garni d'anciennes tapisseries d'Aubusson à sujets d'animaux fables de La Fontaine, dans des encadrements enguirlandés de fleurs.

Il est composé d'un canapé à têtières et de quatre fauteuils.

20 — Écran Louis XV de forme contournée, en bois sculpté à ornements rocaille, garni de tapisserie au point à sujet d'oiseaux.

21 — Fauteuil Louis XIV en bois sculpté, garni de moquette à fleurs.

22 — Un autre avec croisillon d'entrejambes, garni
de cretonne.

23 — Petit fauteuil Louis XV en bois sculpté à contours, garni de reps à fleurs.

24 — Grand fauteuil Louis XIII en bois sculpté, avec
bras terminés par des volutes de feuillages et
pieds reliés par un entrejambes ; il est surmonté d'un fronton rapporté en bois sculpté
et est garni de bandes de tapisserie et de
velours vert.

25 — Quatre petites chaises Louis XVI, en bois
sculpté, garnies de reps vert.

26 — Joli petit tabouret Louis XV en bois sculpté et
doré, à pieds contournés et ornements rocaille, garni d'ancien velours vert.

27 — Deux fauteuils Louis XV, en bois sculpté à
contours, garnis de cretonne.

28 — Fauteuil Louis XIV, bois sculpté.

29 — Deux chaises de même style.

3o — Un fauteuil et une chaise Louis XV, en bois
sculpté peint en blanc et foncé de canne.

BRONZES D'AMEUBLEMENT

31 — Deux petits flambeaux Louis XVI en marbre
blanc et bronze doré au mat, formés chacun
d'une figure d'enfant debout près d'une
colonnette supportant un vase.

32 — Deux girandoles Louis XV à trois lumières, en
bronze doré.

33 — Deux flambeaux Louis XVI en bronze doré, à
tige cannelée avec base à entrelacs et tore de
laurier.

34 — Bas-relief en bronze : la Justice. xviiie siècle.

35 — Une paire d'appliques Louis XIV à trois
lumières, en bronze doré, à figures d'enfants
et ornements.

36 — Une paire d'appliques analogue à la précé-
dente.

37 — Pendule, deux candélabres et deux flambeaux
en marbre vert de mer. La pendule est surmontée d'une figure de femme et garnie de
moulures ornées en bronze doré au mat.

TABLEAUX

BASSAN

38 — *La Tonte des moutons et la basse-cour.*

Deux pendants.

BOUCHER

(Genre de)

39 — *Jeune fille en bergère.*

Pastel ovale.

CASTAN

40 — *Le Labour.*

COYPEL

(Attribué à)

41 — *Esther et Assuérus.*

DUVAL

42 — *La Ferme.*

LOO

(CARLE VAN)

43 — *Allégorie de la Musique.*

Gracieuse composition signée Carle Van Loo.

LANTARA

(Genre de)

44 — *Deux petits paysages.*

PRIMATICE

(Genre de)

45 — *Portrait de femme tenant un vase.*

TINTORET

(D'après le)

46 — *L'Assomption.*

VAN UDEN

(Genre de)

47 — *Personnages à l'entrée d'une forêt.*

Bordure Louis XIV.

ÉCOLE ITALIENNE

48 — *Le Christ chez Simon le pharisien.*

ÉCOLE MODERNE

49 — *Portrait de femme.*

Cadre Louis XIII. Bois sculpté et doré.

---

50 — Lithographies et caricatures d'après Charlet et autres.

51 — Album de dessins.

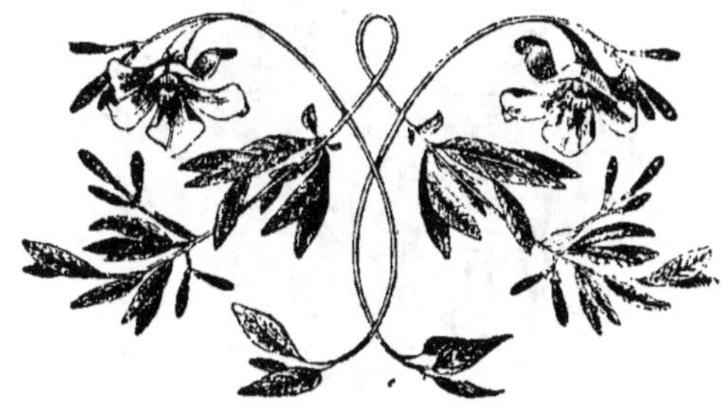

LIVRES

52 — Environ quatre cents volumes reliés et bro-
chés.

Thiers, *Histoire du Consulat et de l'Empire ;
Révolution française ;* Œuvres de Régnard,
Walter Scott, La Mennais, Mme de Stael ; la
Sainte Bible traduite par Lemaistre de Sacy,
Anquetil, *Histoire de France.*

Ouvrages de jurisprudence, etc.

OBJETS DIVERS

53 — Argenterie.

54 — Bijoux.

55 — Meubles courants.

56 — Literie, tapis, rideaux.